ANNEMARIE NIKOLAUS

SILENCIO FORZADO

"Mira, Nina, son los colores de la bandera italiana. Sus pilotos son los mejores". Manni ayudó a su hermana menor a arrodillarse en el alféizar de la ventana. "¡Cuando sea grande, yo también quiero ser un italiano!"

Desde la ventana del rascacielos, podían ver sin obstáculos la base en la que tenía lugar el espectáculo aéreo.

"¡Están pintando el cielo de colores!" Nina aplaudió entusiasmada. "Oh, qué lindo. – ¡Mira, mami!"

Laura se acercó a los niños, que con ojos encendidos seguían las maniobras de los aviadores acrobáticos. "Es la cuadrilla de los *Frecce Tricolori*."

Un avión abandonó la formación, voló hacia arriba, dio un giro y volvió hacia los otros dibujando un enorme bucle. De golpe el cielo explotó en una bola de fuego que opacó al sol.

"¡Cuidado!" Laura apartó a Nina del alféizar.

En ese momento, el piloto solitario chocó con uno de los aviones de la cuadrilla; los pedazos de metal volaron por el aire. Los vidrios de la ventana crujieron.

Laura empujó a los chicos al piso. Nina gritó.

Un instante después, las máquinas se incendiaron. Fragmentos humeantes y en llamas salían disparados por el cielo.

"No llores, tesoro." Mecánicamente limpió con la manga del pulóver las lágrimas de Nina.

Las ventanas quedaron ilesas; lentamente Laura se enderezó y miró por encima de la moldura. Afuera se levantaba un humo negro y denso.

Se abalanzó hacia el teléfono. "Aquí Laura Schreiner. Michael, acaba de explotar un piloto acrobático en el aire. Libera una página: en una hora estoy en la redacción."

Los niños se sentaron en la alfombra; Manni tragaba saliva y abrazaba a su hermanita.

Laura dudó un momento, pero no tenía otra opción. "Cuida bien a Nina, ¿sí? ¡Y no salgan de la casa! Mami tiene que ir un ratito a trabajar."

Nina empezó a llorar. "Tengo miedo."

Laura se arrodilló a su lado. "Voy a buscar a la señora Breiner. Y papá llegará en cualquier momento." Ojalá, pensó, mientras agarraba su equipo de fotos y se apuraba por las escaleras. Quién sabe qué habrá pasado ahí afuera.

***

Un humo cortante lastimaba las mejillas de Laura. Pronto debió detener el auto. Apestaba a quemado y le produjo un ataque de tos. Dejando atrás edificios en llamas, pasando entre bomberos y ambulancias, llegó al campo de vuelo. Los soldados ya lo habían acordonado todo alrededor. Ella se colgó la credencial de prensa al cuello.

"*Stop, ma'am.*" Un policía militar la detuvo.

Laura mostró la credencial. "*Newspaper.*"

El policía sacudió la cabeza. "*No media, Ma'am. Military area.*"

De un andamio destrozado sobresalía la cola de un avión. Enfrente, varios heridos yacían en el suelo. El humo le hacía llorar los ojos. "*I'm a journalist!*"

"*No media*", insistió el soldado.

Con el rabillo del ojo vio a unos policías militares que hacían detener a una ambulancia. Entonces decidió desistir y caminó hacia allí.

Antes de que Laura llegara, ya habían bajado el médico y los camilleros, pero los soldados no los dejaban pasar. El médico agitaba su maletín protestando a los gritos e intentaba colarse entre ellos. En vano: los guardias lo retenían.

Laura se quedó un momento mirando con incredulidad; luego volvió la vista hacia los heridos en el campo aéreo: estaban como mucho a cien metros y no dejaban pasar al médico para que los atendiera. Dio unos pasos atrás y empezó a fotografiar.

Poco después estaba sentada en la redacción y tipeaba. "La policía militar impide el trabajo del equipo de rescate."

***

El marido de Laura volvió recién a la mañana siguiente. "No hemos podido ayudarlos a todos. Estuve hasta hace un rato en el quirófano."

Pese a su agotamiento, Wilfried había pensado en pasar por un kiosco y comprar un par de periódicos. Laura miró "su" periódico. "¡Catástrofe!", decía en grandes letras el titular. "Se estrellan tres aviones acrobáticos italianos." Debajo había algunas imágenes que ella había tomado entre los destrozos en las cercanías. Pero ninguna de las fotos del campo aéreo, ni una palabra sobre cómo la policía militar había impedido el paso del equipo de rescate.

Dos veces pasó de a una las páginas del diario; entonces llamó al redactor a su casa. "Michael, ¿qué habéis hecho vosotros con mi artículo? ¿Por qué pusieron en el periódico solamente informes de agencias?"

Michael carraspeó, pero no dijo nada.

"¿Qué pasa? ¿A qué estamos jugando?"

Finalmente respondió Michael. "Recibimos una visita ayer a la noche, como todos los periódicos de la zona. Se nos... ehm... pidió confidencialidad."

7

"¿Confidencialidad?" Laura explotó. "¿Qué es lo confidencial en un acontecimiento en el que murieron docenas de personas?"

Michael seguía vacilando. "Probablemente quisieron evitar especulaciones sobre las causas del accidente."

"¿Quiénes quisieron? ¿De quién has recibido una visita?"

"Dos hombres uniformados. Servicio de inteligencia. Tu artículo se lo llevaron en el momento." Suspiró audiblemente.

"¡No me digas!" Una ola de calor crecía dentro de Laura. Miró el teléfono entrecerrando los ojos antes de contestar. "¡Esto sí que es interesante! Entonces voy a tener que escribir uno nuevo"

"¡Laura! ¿Qué piensas hacer?"

"Los voy a ayudar a evitar especulaciones. Lo aprendido es lo aprendido."

Mientras Wilfried y los chicos desayunaban, Laura, sentada frente a la taza llena de café, dibujaba aviones en la servilleta de papel.

"¿Por qué se habrán estrellado?", murmuraba. "Yo misma vi que uno explotó. ¿Pero fue uno solo realmente – o será que primero chocaron?" Cerró los ojos para visualizar la imagen, pero no lo logró. "¿Y si no, por qué habrían explotado?"

"Estos espectáculos aéreos en sí son el problema." Wilfried apretó los labios y estiró la mano hacia el pan. "Algo así tenía que pasar tarde o temprano."

Laura sacudió la cabeza. "Aquí hay otra cosa oculta."

Manni levantó la vista de su pan con mermelada. "¿Por qué se estrellaron, papi?"

"Quizás se rompió algo. O estaban cansados. Un accidente, pues. Como sucede con los autos, pero mucho más horrible."

"Pero siempre dices que los que ocasionan los accidentes

son los conductores de domingo[1]. ¡Los italianos no son aviadores de domingo!"

"Nadie sabe por qué, por ahora", intervino Laura. "Pero yo lo voy a averiguar."

***

Laura condujo hacia el hotel donde residía la cuadrilla italiana.

Un hombre de vestimenta descuidada discutía a viva voz con la recepcionista en la conserjería. Estaba muy pálido; llevaba un crespón de luto en la chaqueta de *jeans*. En su inglés aparecían una y otra vez fragmentos de oraciones en italiano; evidentemente, tenía dificultades para hacerse entender.

Laura se dirigió al kiosco que estaba al lado de la recepción. Al pasar por allí, escuchó que la secretaria le hablaba de uno de los pilotos fallecidos. Pero mientras hojeaba revistas, no pudo entender nada de la conversación; estaba a mucha distancia. Finalmente la secretaria abandonó la recepción y regresó poco después acompañada por un cocinero. Los dos hombres sostuvieron entonces una conversación en italiano, cuyo resultado tradujo después el cocinero en voz baja.

Laura fue hacia el bar y ordenó una copa de vino tinto. Se sentó en una esquina, para que el cocinero tuviera que pasar frente a ella al regresar a al cocina. Cuando pasó, ella se resbaló ágilmente del taburete con la copa en la mano. Chocó contra él y el vino se derramo en su vestido.

Laura maldijo.

El cocinero se quedó mirándola un momento. "*Scusi, signora*. Por favor, venga conmigo a la cocina; yo me ocuparé de la mancha."

---

1 Persona que conduce el automóvil solamente los días domingo y carece, por consiguiente, de la práctica diaria.

Ella se esforzó primero por parecer claramente contrariada. Después sonrió. "Gracias. Intentémoslo, pues." Suspiró pesadamente. "Justamente vino tinto."

"Con sal la mancha sale enseguida. Ya verá."

En la cocina se instaló en una banqueta. El cocinero revolvió en un armario y sacó un repasador limpio.

"Por cierto, me llamo Laura Schreiner", dijo, cuando él se agachó delante de ella. Como él seguidamente no se presentara, ella continuó: "Vi casualmente cómo ayudó a un compatriota haciéndole de traductor."

El cocinero se apoyó el repasador sobre las rodillas. "De hecho, la secretaria sabe hablar italiano, pero en este momento..." Alzó la vista y luego esparció una cucharada de sal sobre la mancha.

Laura estaba expectante por ver cómo reaccionaría el hombre a sus próximas palabras. "La desgracia de ayer nos ha afectado a todos."

Él asintió. "¡Por qué nos pasó algo así justo a nosotros!"

"Sí, ¿por qué?", repitió Laura. "Mi hijo pequeño dice que los pilotos italianos son los mejores del mundo." Sonrió con orgullo maternal. "Conoce del tema, créame, chico como es."

"Los chicos son perspicaces, mucho más que los padres." Una sonrisa invadió su cara redonda. "Yo también tengo un varón, de cuatro años."

"El mío ya tiene nueve. Pero su hermanita tiene cuatro. Va al jardín de infantes católico; ¿quizás conozca a su hijo?"

El cocinero frotó con el repasador la mancha cubierta con sal. "Seguro. Por cierto, me llamo Tarcisio."

Laura lo tomó como una señal de que había ganado su confianza, y volvió al tema de los aviadores. "El huésped en la recepción tenía un crespón de luto; ¿Era un familiar de alguno de los pilotos caídos?"

Tarcisio asintió, mientras limpiaba la sal de la falda. "*Sisi*; y estaba muy enojado, porque le negaron sus pertenencias. Hicieron callar a los pilotos, decía."

"¿La mafia se atreve contra la fuerza aérea? ¿Así no más? No me lo creo", afirmó Laura.

"La mafia, no; la mafia es una gota al lado de ellos."

Ella dejó pasar unos segundos antes de hacer la pregunta siguiente. "¿Pero quién si no?"

El cocinero se levantó y puso el salero al lado del anafe. Entrecerró los ojos y se quedó mirándola. "¿Y usted por qué pregunta todo esto, en verdad?"

Laura vaciló. Un momento más de lo debido, aparentemente, pues el cocinero arrugó la frente.

"¿No nos interesa esto a todos?"

"¿Por qué, *signora*?" El cocinero dio un paso adelante y la miró con insistencia.

"Me dio curiosidad", esquivó la pregunta de nuevo y sonrió.

"Está mintiendo, *signora*. Sobre todo, ¿qué está haciendo en el hotel?"

Ella señaló la pollera. "Pero si usted mismo lo vio; estaba tomando una copa de vino."

Tarcisio barruntó algo ininteligible y hundió las manos en los bolsillos del delantal. "Entonces siga con lo suyo; ya he terminado. El resto saldrá cuando la lave."

Laura se levantó. "Está tarde le traeré la cuenta de la lavandería."

El barman le dejó, con un amigable "por cuenta de la casa", una nueva copa de vino sobre la barra. Ella bebió mientras reflexionaba cuál sería su próximo movimiento.

Entonces aparecieron dos hombres; el mayor llevaba un uniforme que no pudo identificar. El otro vestía el *overall* azul brillante, que ella conocía de la colección de fotos de Manni. Miró con atención y descubrió, sobre la insignia de oficial, del lado izquierdo, el símbolo de los *Frecce Tricolori*. Luego vio también en la manga del otro la bandera italiana.

En breve pasó delante de ella la secretaria del hotel en dirección a la cocina y volvió con el cocinero. Mientras Tarcisio hablaba con los dos hombres, miraba repetidamente a Laura. De pronto estuvo segura de que hablaban sobre ella.

Mientras pensaba qué debería hacer entonces, se dio cuenta de que el hombre de *overall* la miraba una y otra vez. Le sonrió. Como él respondiera a su mirada levantando las cejas, ella se paró y se acercó a ellos. "¿Puedo ayudarlos?"

"¿Qué está buscando aquí? ¿Material para un artículo?", preguntó el uniformado en perfecto alemán.

Laura vaciló perpleja.

"Uno no la olvida fácilmente, *signora*. La he visto ayer discutiendo con la policía militar."

"Eso fue ayer." Laura miró al joven a los ojos. "Usted me estaba mirando a mí, no al revés." Se dio media vuelta y se alejó. Por la tarde, cuando le alcanzara la cuenta de la lavandería al cocinero, preguntaría por el furioso cliente italiano que había visto en la recepción.

***

Volvió a su casa, se cambió y llevó la falda a la lavandería. Luego pasó a buscar a los niños de la escuela y el jardín de infantes, respectivamente.

"Creo que su hija tiene un admirador", comentó la maestra. "El padre de Luigi estuvo preguntando por su dirección."

"Pero ¿quién es el padre de Luigi?"

La maestra levantó los hombros. "Es la primera vez que viene a retirar al niño. Usualmente viene la abuela."

"El padre de Luigi sabe hacer pizza", intervino Nina. "Y spaghetti, por supuesto."

Laura no podía creer que fuera una casualidad, seguramente se trataba de Tarcisio. "¿Estuviste hablando con el padre de Luigi?", le preguntó a su hija. "¿Se encontraron?"

Nina sacudió la cabeza y miró de reojo a Manni. "Los varones son tontos."

Mientras conducía de vuelta a casa con los niños, se preguntó a qué se debería que el cocinero, precisamente ese día, hubiera ido a retirar a su hijo.

Dejó las cosas y tocó el timbre a la vecina: "Señora Breiner, debo salir durante media hora. En realidad, Wilfried debe estar por venir; pero ¿no se quedaría con Nina y Manni hasta que llegue?"

¿Se engañaba Laura o Tarcisio se había puesto efectivamente pálido cuando, diez minutos después, apareció ella en la cocina del hotel? "¿Sintió curiosidad sobre mi pequeña? La maestra dijo que jamás había retirado usted mismo a su hijo."

"La abuela está enferma", contestó secamente. "¿Qué desea, *signora*?"

"Le traigo la cuenta de la lavandería."

La tomó sin decir una palabra y, con los labios apretados, revolvió en su bolsillo en busca del dinero. Era evidente que no tenía intención de hablar con ella.

En la recepción intentó dar con el italiano enfadado, pero ya no estaba. Y la secretaria había terminado su turno. Laura se fastidió. Hubiera debido hablar directamente con él, en vez de dejarse ahuyentar por los soldados.

Cuando volvía a su casa, la asustaron las sirenas de una ambulancia y dos autos de policía. Laura frenó en la esquina de la calle para dejarlos pasar de largo. Pero doblaron y se detuvieron frente a su propia casa.

Laura se aterró y aceleró. Se detuvo en mitad de la calzada, detrás del segundo patrullero, y golpeó el parabrisas con la credencial de prensa. Cuando corría hacia la casa, un policía le cerró el camino.

Ella se esforzó por ser amigable. "Déjeme pasar, esta es mi casa."

"¿Puede identificarse?"

Esto ya lo hemos hecho ayer, pensó y pasó a la fuerza de un empujón. Antes de que él pudiera atraparla, corría arriba por las escaleras. Desde arriba llegaban voces agitadas y de pronto apareció un bombero.

"¿Qué ha pasado?" Se le cerraba la garganta.

Dos enfermeros lo seguían con una camilla; detrás venía un tercero con una bolsa de suero. Miró el rostro magullado de la señora Breiner. Su blusa estaba manchada de sangre.

Laura tragó saliva; y empezó a subir de a tres escalones.

Frente a su departamento había dos policías parados junto a la puerta abierta. Wilfried se apoyaba en la pared del zaguán.

Laura dio un paso hacia él. "¿Dónde están los niños?" De pronto su voz no era más que un graznido.

"¡No están!" Los ojos de Wilfried se oscurecieron y la tomó en sus brazos.

"Sus hijos han sido secuestrados", dijo una áspera voz femenina.

Laura se dio vuelta. Desde la sala de estar se acercaba una joven detective, a quien ella ya conocía de alguna entrevista.

Wilfried la apretaba fuerte. "Cuando llegué a casa, encontré a la señora Breiner."

"Y esto." La detective le acercó a Laura una hoja de papel. "¿Podría decirnos qué significa?"

Laura tomó la nota con manos temblorosas. "Manténgase alejada, si quiere volver a ver a sus hijos."

"¿Querida, ¿a qué se refieren?" Wilfried la soltó y acarició su rostro.

"¿Qué hay de la señora Breiner?"

"Me temo..." Él se mordió el labio y le echó una mirada escrutadora. "¿En qué te metiste?"

"Suena como de una película de mafia barata, pero tenemos que tomarlo en serio", dijo la policía.

Laura recordó las palabras del cocinero: No la mafia. Sacudió la cabeza. ¿Debería contar lo que sospechaba? "¿Qué debemos hacer?" preguntaba en cambio.

La policía encogió los hombros. "Si no nos da ninguna pista, lo único que podemos hacer es esperar."

Luego de que terminaron de recolectar las pruebas, los dejaron solos.

"Estoy seguro de que sabes lo que la nota significa." Wilfried apretaba los ojos de bronca y Laura se preguntó por un instante a quién iba dirigida.

Le contó sobre el cocinero de hotel y su conversación con los oficiales italianos.

"¿Así que es en serio la mafia?" La voz de Wilfried sonaba sarcástica. "Van a querer más que que te mantengas alejada."

Ella murmuró sin querer. "La mafia es una gota al lado de ellos, dijo esta mañana Tarcisio."

Estuvieron sentados durante minutos en silencio, mientras caía la noche. Finalmente, Laura se paró y encendió la luz. "Voy al hotel. El cocinero sabe lo que pasó." Apretó los dientes hasta hacerlos chirriar.

"Te acompaño." Wilfried se arrancó el cuello de la camisa y la miró suplicante.

"¿Y si llaman?"

Él bajó la cabeza. Le dio pena por Wilfried; ella tampoco podría soportar quedarse sentada, simplemente esperando a que llamen. Aunque seguramente el cocinero no iba a hablar, ella al menos podría imaginarse que estaba haciendo algo significativo.

"La he estado esperando, *signora*", exclamó Tarcisio cuando ella, poco después, acechaba la cocina a través de la puerta vaivén de la entrada de servicio.

El cocinero lanzó una mirada a las ayudantes, dejó la enorme cuchilla junto a un atado de perejil y se acercó a ella. Miró sus manos - temblaban -, se las limpió en el delantal y metió la derecha en el bolsillo del pantalón, mientras con la izquierda apuraba a Laura a retroceder al aire.

"Sabíamos que vendría", murmuró él.

"¿Quiénes?", preguntó Laura con la voz igualmente baja. "Dígame."

Tarcisio sacó un sobre y lo sostuvo frente a ella. "No lo sé. No sé absolutamente nada."

"Por supuesto que no." Laura se puso furiosa y lo increpó. "Sólo sabe nuestra dirección. ¿A quién se la dio?"

Él tomó su mano y le dejó la carta. "Permanezca en silencio." Después regresaba, pero se dio vuelta una vez más. "En cualquier caso, puede pensarlo."

Ella se quedó mirándolo hasta que la puerta dejó de moverse. "Por así decirlo", murmuró.

Cuando desdobló la carta, a la luz del siguiente farol, se estremeció. "Sus hijos le serán devueltos pasado mañana, en caso de que leamos sobre la causa CORRECTA del accidente."

Se le erizaron los pelos de las piernas. "¿Y cuál es la correcta?", le preguntaba a la noche en voz alta.

Miró el reloj; de hecho, era decididamente tarde para preguntar por un huésped en el hotel. Pero quizás al otro día ya no quedara nadie allí.

Diez minutos después, Laura estaba sentada con el italiano en una cervecería, a dos cuadras del hotel. El inglés del hombre era muy pobre; el italiano de Laura, una jerigonza de vacaciones. Pero él había traído un anotador y sabía dibujar. Primero esbozó los *Frecce Tricolori*: nueve aviones en formación y uno que volaba en sentido contrario; debajo de este, "Marco". Ella entendió que este había sido el piloto solitario.

En la siguiente imagen, el piloto chocaba con uno de los aviones de la formación, pero él lo tachó inmediatamente. "*Impossibile*", dijo. Hasta donde ella entendía, este nunca se hubiera quedado en la línea de choque: lo habían asesinado.

Laura intentó otra vez recordar: ¿El choque en el aire había sido antes o después de la explosión?

"¿Por qué?", preguntó.

Él dibujó la bota italiana, Sicilia y al norte una fila de puntitos; sobre uno de ellos escribió "Ustica". Al lado, hizo un gran avión que hundía su nariz en el mar y le puso "DC 9 – 1980".

Laura sabía que una de esas islas se llamaba Ustica. "¿El avión se desplomó?", intentó confirmar. No podía acordarse si había leído algo sobre eso en aquel entonces. Había tantos accidentes.

Él sacudió la cabeza, dibujó un gran barco, del que salían aviones, uno de los cuales le disparaba al que se estaba hundiendo.

"Eso no lo creo", soltó Laura en alemán.

Él no podía haberla entendido. Pero aparentemente entendió su tono o la expresión de su rostro, pues volvió a sacudir la cabeza. Entonces dibujó un avión pequeño, junto al que escribió el nombre de uno de los pilotos. Y también el nombre de otro de los *Frecce Tricolori* que habían muerto. Así que ambos habían estado allí y habían visto todo.

Laura se mordisqueaba la uña del pulgar y reflexionaba. "Si querían eliminar testigos, ¿por qué recién ahora? ¿Por qué solo después de ocho años?"

Él no la entendió. Ella escribió "1988" en el boceto con los pilotos acrobáticos y luego un signo de pregunta. Luego señaló la fecha al lado de Ustica.

Él tomó aire profundamente y empezó de nuevo en inglés. Luego sacudió la cabeza y continuó en italiano. Hablaba con lentitud: "Una cita; la semana próxima, con el juez. Ellos querían contar."

"¿Y por eso los asesinaron?" Laura entrecerró los ojos. Apenas podía creer la historia; pero Nina y Manni habían sido secuestrados. Tenía que haber en ella algo de verdad. "¿Quiénes son? ¿La CIA o italianos?"

Él terminó su vaso y se levantó. "Son peligrosos. ¿Por qué pregunta todo esto?"

"Se llevaron a mis hijos."

Él se quedó mirándola aterrado por un momento; luego le apoyó las manos en sus hombros. "*Signora*, los pilotos están muertos. Y también otros testigos. Haga lo que le piden."

Dio media vuelta y partió.

***

Wilfried abrió la puerta de golpe, ni bien ella giró la llave en la cerradura. "Por Dios, ¿dónde has estado tanto tiempo? ¿No podías llamar?" Su rostro estaba pálido y los ojos brillaban húmedos. "La señora Breiner ha muerto." La tomó en los brazos y la llevó al cuarto.

Ella se sentía miserable. Y también culpable, pues no había vuelto a pensar en lo preocupado que estaría él. "Estuve intentando averiguar quién tiene a nuestros hijos." Laura cayó en el botinero y se restregó los ojos ardientes.

"¿Y?"

"No lo sé realmente. Pero sé suficientemente lo que hay por detrás." Sentía un cansancio mortal. "Es un complot." Agotada se inclinó sobre Wilfried. "Y ahora yo seré parte de él."

Los hombros de Wilfried se aflojaban bajo sus manos y contuvo la respiración.

Laura cerró los ojos, antes de continuar. "Debo esparcir sus mentiras a fin de recuperar a nuestros hijos."

A la mañana siguiente, Wilfried apoyaba sus manos en los hombros de Laura, que estaba sentada ante la máquina de escribir, y leía lo que ella tipeaba: "Choque a causa de error de piloto..."

Èl limpió con la mano las lágrimas del rostro de ella: "En cualquier momento, puedes escribir un nuevo artículo."

Laura sacó la hoja de la máquina de un tirón. "Siempre podrían encontrarnos."

FIN

Si le ha gustado este mini-thriller, sea tan amable de recomendarlo.
También son bienvenidas las reseñas.

Sobre la autora:

Annemarie Nikolaus, nacida en Hesse, vivió durante 20 años en el norte de Italia. En el 2010 se mudó junto a su hija a Auvergne, en Francia. Estudió Psicología, Publicidad, Política e Historia y trabajó, entre otras, como psicoterapeuta, educadora, periodista, lectora y traductora.

Empezó su carrera en la literatura en el año 2001 y en el 2005 apareció la edición impresa de su primera novela, un trabajo conjunto con otras dos autoras: *El caballo de fuego*. Desde el 2011, publica preponderantemente en forma independiente.

Blog: https://bit.ly/33PnDlX

Si quiere permanecer en contacto:
Patreon: www.patreon.com/AnnemarieNikolaus
Facebook: http://www.facebook.com/AnnemarieNikolaus
Twitter: http://twitter.com/AnneNikolaus

******

Publicaciones:

En español:

Aquitania: el final de una guerra. Colección *"Al borde del camino..."*. ISBN de la edición impresa 9782902412723

La República Real. Colección *Mundo en llamas.* ISBN de la edición impresa 9782902412945

Silencio forzado. Thriller breve. ISBN de la edición impresa 9782902412815

La nieta. Colección *Quick, quick, slow – Club de baile Lietzensee.* ISBN de la edición impresa 9782493398079

Celoso de una estrella. Colección *Quick, quick, slow – Club de baile Lietzensee.* ISBN de la edición impresa 9782493398086

Difunto. Cuentos fatales. ISBN de la edición impresa 9782902412631

Justicia sin Ley. Breves relatos históricos. ISBN de la edición impresa 9782902412976

Historias mágicas. Cuentos infantiles. ISBN de la edición impresa 9782902412778

Brillante Esperanza. Calendario de adviento. ISBN de la edición impresa 9782902412969

En alemán:

Novelas y Cuentos

Históricas

Königliche Republik. Novela histórica. ISBN de la edición impresa 9782902412471.

Verjährt. Cuentos históricos de suspense. ISBN de la edición impresa 9782902412549.

Fantásticas

Die Piratin. Novela fantástica. ISBN de la edición impresa 9782902412495

Das Feuerpferd. Novela fantástica, en conjunto con Monique Lhoir y Sabine Abel. ISBN de la edición impresa 9782902412501.

Magische Geschichten. Cuentos no solo para niños. ISBN de la edición impresa 9782902412488

Renntag in Kruschar. Antología fantástica.

Leuchtende Hoffnung. Novela de ciencia ficción ilustrada. ISBN de la edición impresa 9782902412563

Policial

Bitterer Wein. Colección »Médoc« Novela criminal. ISBN de la edición impresa 9782493398017

Haus zu verkaufen. Drama familiar. ISBN de la edición impresa 9782902412983

Ustica. Thriller breve. ISBN de la edición impresa 9782902412556.

Tot. Relatos cortos. ISBN de la edición impresa
9782902412587

Verjährt. (ver arriba)

Románticas

Die Enkelin. Colección "*Quick, quick, slow – Tanzclub Lietzensee*". ISBN de la edición impresa 9782493398093

Flirt mit einem Star. Colección "*Quick, quick, slow – Tanzclub Lietzensee*". ISBN de la edición impresa 9782493398109

Zurück aufs Parkett. Colección "*Quick, quick, slow – Tanzclub Lietzensee*". ISBN de la edición impresa 9782493398116

Libros de no ficción

Turismo

Aquitanien: Das Ende eines Krieges. Colección "*Am Rande des Weges ...*". ISBN de la edición impresa 9782902412570

Colección sobre literatura y libros

Suche Reisebegleitung. Colección "*Fliegende Blätter*". ISBN de la edición impresa 9781499608427.

Junge Welten. Colección "*Fliegende Blätter*". ISBN de la edición impresa 9781500971991

www.ingramcontent.com/pod-product-compliance
Lightning Source LLC
La Vergne TN
LVHW040319200726
843493LV00014B/734